おしごとのおはなし　声優《せいゆう》

声優さんっていいな

如月《きさらぎ》かずさ　作
サトウユカ　絵

講談社

テレビ画面《がめん》のなかで、リリィが魔法《まほう》のつえをふりかざしていった。

『わたしの夢《ゆめ》は、世界《せかい》でいちばんの魔法《まほう》つかいになること。その夢《ゆめ》は、ぜったいにあきらめたりしないよ。本気《ほんき》になってがんばれば、かなわない夢《ゆめ》なんてないんだからっ！』

リリィのいさましい笑顔《えがお》に、わたしのむねは、ぶるっ、となった。DVD《ディーブイディー》に録画《ろくが》して、もう何度《なんど》も見《み》てるのに。

わたしが見《み》ているのは、土曜日《どようび》の朝《あさ》にやっている、『リリカルマジカルアカデミア』、略《りゃく》して『リリマジ』の第一話《だいわ》。

魔法学校《まほうがっこう》に入学《にゅうがく》したリリィが、世界最高《せかいさいこう》の魔法《まほう》つかいをめざしてがんばる、わたしの大好《だいす》きなアニメだ。

『これがわたしの、夢《ゆめ》への最初《さいしょ》の一歩《いっぽ》。ここからわたしの、わくわくいっぱいな魔法学校生活《まほうがっこうせいかつ》がはじまるのです！』

リリィのせりふのあとで、画面《がめん》が切《き》りかわって、エンディングテーマ曲《きょく》がはじまった。リリィと魔法学校《まほうがっこう》のなかまたちがおどるダンスの映像《えいぞう》にあわせて、リリィたちの声《こえ》をだしている声優《せいゆう》さんの名前《なまえ》が、画面《がめん》にうつしだされる。

「ネム、そろそろピアノのおけいこの時間《じかん》よ。」

お母《かあ》さんの声《こえ》がきこえた。わたしは「はあい。」と返事《へんじ》をすると、画面《がめん》のむこうで手《て》をふっているリリィに、小《ちい》さく手《て》をふりかえして、DVD《ディーブイディー》の停止《ていし》ボタンをおした。

家《いえ》をでてすぐに、早足《はやあし》であるいてきたお姉《ねえ》さんとぶつかりそうになった。

「わっ、ごめんね。だいじょうぶ？」

ふわふわした髪型《かみがた》の、やさしそうなお姉《ねえ》さんだった。わたしがちぢこまってうなずくと、お姉《ねえ》さんは「よかった。」とにっこりして、またいそぎ足《あし》であるいていった。

そのうしろすがたを見《み》ながら、わたしはあれ、と思《おも》った。

いまのお姉《ねえ》さんの声《こえ》、どこかできいたことがあるような……。

そう思《おも》いながらあるきだしたところで、クラスメイトの川《かわ》村《むら》さんと星野《ほしの》さんが、こっちにあるいてくるのが見《み》えた。

わたしはあわてて電信柱《でんしんばしら》のかげにかくれた。そのままじっとしていると、ふたりはわたしに気《き》づかずにとおりすぎていって、わたしはほっとむねをなでおろした。

ついかくれちゃったのは、べつに川村《かわむら》さんと星野《ほしの》さんがとてもこわい人《ひと》たちだとか、いじめっこだからというわけじゃない。ただわたしがこわがりで人見知《ひとみし》りのせいだ。クラスメイトにあいさつをするだけでも勇気《ゆうき》が必要《ひつよう》で、その勇気《ゆうき》もだせないでかくれてしまうくらいの、ひどいこわがり。

「……だめだなぁ、わたし。」

わたしもリリィみたいになれたらいいのに。わたしはぽつりとそうつぶやいた。

リリィは魔法《まほう》の才能《さいのう》はないけど、いつでもまえむきで明《あか》るくて、友《とも》だちもたくさんいる。わたしなんかとは正反対《せいはんたい》の、とってもすてきな女《おんな》の子《こ》だ。

だからわたしはいつも、リリィみたいになりたい、と思《おも》っていた。みたいにじゃなくて、ほんとにリリィになって、魔《ま》法学校《ほうがっこう》でたのしいなかまたちといっしょにくらしたい、って考《かんが》えることもある。そんなの無理《むり》だってわかってるんだけど。

はあ、とためいきをついて、電信柱《でんしんばしら》のかげからでると、そこでわたしは、またたれかと衝突《しょうとつ》しそうになった。

「ごめんね、だいじょうぶ……って、あれ？」

またききおぼえのある声《こえ》だった。おどろいて見《み》あげると、さっきのお姉《ねえ》さんが目《め》をまるくしていた。えっ、ぜんぜんちがう方向《ほうこう》にあるいていったのに、どうしてここにいるの？

「さっきの子《こ》、だよね。もしかしてわたし、もとの場所《ばしょ》にもどってきちゃった⁉」

お姉《ねえ》さんはきょろきょろしていた。道《みち》にまよっているみたいだ。たすけてあげたほうがいいのかな、と思《おも》ったけど、知《し》らない人《ひと》に話《はな》しかけるなんて、こわすぎてとても無理《むり》だった。

ごめんなさい、と心《こころ》のなかであやまって、わたしはおそるおそるお姉《ねえ》さんのそばをはなれた。でもそのすぐあとで、お姉《ねえ》さんのあせった声《こえ》がきこえた。

「どうしよう、このままじゃほんとに遅刻《ちこく》しちゃうかも……。」

わたしは足《あし》を止《と》めた。やっぱり、こんなのだめだよね。

だってリリィだったら、こんなときぜったい、こまってる人《ひと》をほうっておいたりしないもん。

「あのっ、道《みち》がわからないなら、教《おし》えましょうか？」

思《おも》いきってそう声《こえ》をかけると、お姉《ねえ》さんがこっちをふりかえって、わたしはびくっと小《ちい》さくなった。

「ありがとう！　スマホの電池《でんち》が切《き》れちゃって、地図《ちず》も見《み》られなくてこまってたの。駅《えき》までの道《みち》、教《おし》えてくれない？」

「駅《えき》だったら、この道《みち》をまっすぐいって、ゆうびん局《きょく》のところのわかれ道《みち》を右《みぎ》にまがって、それから本屋《ほんや》さんの……。」

説明《せつめい》しているうちに、お姉《ねえ》さんはどんどん不安《ふあん》そうな顔《かお》になっていった。もしかしてこのお姉《ねえ》さん、ものすごい方向音《ほうこうおん》痴《ち》なんじゃないかな。だったらここで説明《せつめい》しても、またすぐ迷子《まいご》になっちゃうかも……。

わたしはおろおろしてから、お姉《ねえ》さんの手《て》をつかんだ。

「こ、こっちですっ、ついてきてください！」

お姉《ねえ》さんの手《て》をひいて、わたしは走《はし》りだした。

無事《ぶじ》に駅《えき》までつくと、お姉《ねえ》さんがわたしにいった。

「ほんとうにありがとう！　おかげでぎりぎりつぎのしごとに遅刻《ちこく》しないですみそうだわ。」

しゃべるのも走《はし》るのもにがてなわたしは、ドキドキとへとへとで、もう声《こえ》をだすこともできなかった。うつむいてふるふる首《くび》を横《よこ》にふると、お姉《ねえ》さんがまたいった。

「わたし、ひびきゆいっていうの。もしよかったら、あなたの名前《なまえ》と連絡先《れんらくさき》、教《おし》えてくれない？　今度《こんど》、ちゃんとお礼《れい》がしたいから。」

わたしはこまってしまった。知《し》らない人《ひと》にそういうことを教《おし》えちゃだめだって、お母《かあ》さんにいわれてたから。

だけど、あれっ？　ちょっとまって。いまこのお姉《ねえ》さん、ひびきゆい、っていった？

その名前《なまえ》を、わたしはよく知《し》っていた。だってその名前《なまえ》は『リリマジ』のエンディングで、最初《さいしょ》に画面《がめん》にうつる名前《なまえ》だ。

それに、そう、やっとわかった。このお姉《ねえ》さんの声《こえ》、リリィの声《こえ》ににてるんだ。ということは、まさかこのお姉《ねえ》さんって、リリィの声《こえ》をだしてる声優《せいゆう》さんなの⁉

信《しん》じられない気持《きも》ちで見《み》あげると、お姉《ねえ》さんがわたしの返事《へんじ》をまっていた。びっくりしたひょうしに、お母《かあ》さんの注意《ちゅうい》もどこかにとんでいってしまって、わたしはあわてて名前《なまえ》とうちの電話番号《でんわばんごう》をお姉《ねえ》さんに教《おし》えた。

「鳥越《とりごえ》ネムちゃんね。ありがとう、
ほんとにたすかったわ。じゃあ、
あとで連絡《れんらく》するね。」
お姉《ねえ》さんは駅《えき》のなかへ走《はし》って
いった。わたしはそのあとも、
おどろきすぎでずっと
かたまったままだった。
はっと思《おも》いだしたときには、
ピアノのおけいこの
時間《じかん》は、もうとっくに
はじまってしまっていた。

家《いえ》に帰《かえ》ってから、
ひびきさんのことを話《はな》すと、
お母《かあ》さんがパソコンの
インターネットで、
リリィ役《やく》の声優《せいゆう》さんの写真《しゃしん》を
見《み》せてくれた。
写真《しゃしん》にうつっていたのは、
迷子《まいご》のひびきさんでまちがいなかった。
その夜《よる》にひびきさんから電話《でんわ》があって、
それから三日後《みっかご》の日曜日《にちようび》に、ひびきさんはわたしの家《いえ》にやっ
てきた。とても高級《こうきゅう》そうな、お礼《れい》のおかしまでもって。

「なんだか、かえってもうしわけないわ。ネムはちょっと道《みち》案内《あんない》をしただけなのに……。」

「いえ、ほんとうは、これでもぜんぜんお礼《れい》をしたりないくらいなんです。ネムちゃんにたすけてもらったときは、『リリマジ』のアフレコにおくれそうで、もし遅刻《ちこく》しちゃってたら、たいへんなことになっていましたから。」

むかいの席《せき》にすわったひびきさんが、お母《かあ》さんにいった。

わたしはお母《かあ》さんのとなりで、石《いし》になっちゃう魔法《まほう》をかけられたみたいに、カチコチに緊張《きんちょう》していた。

「アフレコって、アニメの映像《えいぞう》に声《こえ》をつけることよね。そんなに時間《じかん》にきびしいものなの？」

「はい。アフレコはたくさんの声優《せいゆう》やスタッフがあつまって声《こえ》の収録《しゅうろく》をしますから、遅刻《ちこく》をすると、ほかの全員《ぜんいん》にめいわくがかかってしまうんです。だからアフレコのときは、遅刻《ちこく》だけはぜったいにしちゃいけないんです。」

それからひびきさんは、わたしと会《あ》ったときのことを話《はな》してくれた。あのときひびきさんは、うちの近所《きんじょ》にあるスタジオで、ゲームの声《こえ》の収録《しゅうろく》をして、つぎの『リリマジ』のアフレコのために駅《えき》にいく途中《とちゅう》で、迷子《まいご》になっていたらしい。

わたしはなんとなく、声優《せいゆう》さんはアニメのキャラの声《こえ》をだすのがしごとだと思《おも》っていたから、ゲームのしごともすると知《し》ってびっくりしてしまった。お母《かあ》さんも知《し》らなかったみた

いだけど、ひびきさんの話《はなし》だと、
声優《せいゆう》さんのしごとは、ほかにも
いろいろあるらしかった。
ラジオ番組《ばんぐみ》をやったり、
アニメの歌《うた》をうたったり、
アニメの宣伝《せんでん》のための
イベントにでたり。
朝《あさ》から晩《ばん》までつぎつぎに
しごとがあって、
帰《かえ》りが夜中《よなか》になることも
よくあるのだという。

「声優《せいゆう》さんって、そんなにいそがしくてたいへんなおしごとだったのね。」

「そうですね。でも、とてもやりがいのあるしごとです。いろんなキャラを演《えん》じるのは、すごくたのしいですし、なによりわたしの声《こえ》で、たくさんの人《ひと》たちに元気《げんき》と笑顔《えがお》をとどけられるのが、うれしくてほこらしいんです。」

ひびきさんがそう話《はな》すのをきいて、わたしは思《おも》った。ひびきさん、すごくすてきな人《ひと》だな、って。リリィの声《こえ》をだしている人《ひと》が、リリィにまけないくらいすてきな人《ひと》だとわかって、わたしはなんだかうれしい気持《きも》ちになった。

そのとき、廊下《ろうか》の電話《でんわ》がなりだした。お母《かあ》さんが「ちょっとごめんなさいね。」と部屋《へや》をでていって、わたしはひびきさんとふたりきりになった。

わたしがますます緊張《きんちょう》していると、ひびきさんがなにかを見《み》つけて、「あっ。」とつぶやいた。ひびきさんが見《み》ていたのは、かべにはってあったリリィの絵《え》だった。わたしがかいた、へたくそな絵《え》。

はずかしくてかくしたかったけど、からだがうごかなかった。わたしがまっかになっていると、ひびきさんがやさしい声《こえ》で話《はな》しかけてきた。

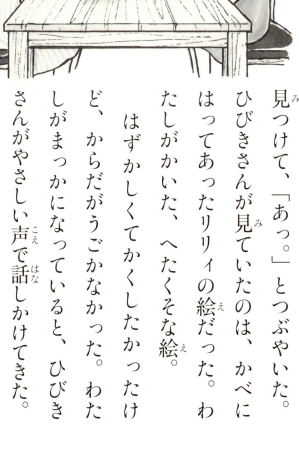

「リリィのこと、好《す》きなのね。とってもうれしいわ。」

「は、はいっ、すごく好《す》きで、その……。」

なにかしゃべらなくちゃ、とわたしはあせった。せっかくリリィの声優《せいゆう》さんと会《あ》えたんだから。わたしはぐるぐるなやんで、ぱっと思《おも》いついた質問《しつもん》をひびきさんになげかけた。

「ひびきさんは、ほんとにリリィの声優《せいゆう》さんなんですか？」

ひびきさんがきょとんとした。わたしも、なんでそんな変《へん》なこときいちゃったの、と後悔《こうかい》した。たしかにいつもきいてるリリィの声《こえ》より、ひびきさんの声《こえ》はずっと大人《おとな》で落《お》ちついた感《かん》じだけど、そんなのほんとうにきまってるじゃない！

わたしがおろおろしていると、ひびきさんがにこっとして口《くち》を開《ひら》いた。

「わたしの夢《ゆめ》は、世界《せかい》でいちばんの魔法《まほう》つかいになること。その夢《ゆめ》は、ぜったいにあきらめたりしないよ。本気《ほんき》になってがんばれば、かなわない夢《ゆめ》なんてないんだからっ！」

それはわたしがいちばん好《す》きなリリィのせりふだった。ひびきさんの声《こえ》としゃべりかたは、カンペキにリリィそっくりになっていた。

すごい、すごいすごいすごい。この人《ひと》は、ほんとうにリリィの声優《せいゆう》さんなんだ。わたしは心《こころ》の底《そこ》から感激《かんげき》して、それからとてもうらやましくなった。

「いいなあ……。」

わたしがつぶやくと、ひびきさんが首《くび》をかしげた。いおうかどうしようかまよってから、わたしはもじもじといった。

「わたし、すごいこわがりで、だれかとおしゃべりするのもこわくて、学校《がっこう》でもひとりぼっちだから、リリィみたいになりたいって、いつも思《おも》ってて、それで……。」

「その気持《きも》ち、わたしもちょっとわかるなあ。小学校《しょうがっこう》のころ

は、わたしもすごく内気《うちき》で、友《とも》だちもすくなかったから。そんな自分《じぶん》がいやで、そのころ好《す》きだったアニメのキャラになりたいって、よく思《おも》ったりしてたわ。」

わたしはびっくりしてしまった。子《こ》どものころのひびきさんが、わたしみたいだったなんて、信《しん》じられなかった。

「もしかして、それで声優《せいゆう》さんになろうと思《おも》ったんですか？」

「そうね、最初《さいしょ》の理由《りゆう》はそうだったのかも。」

それをきいて、わたしはまた、いいなあ、と思《おも》った。

わたしはこれまで、声優《せいゆう》さんのことをよく知《し》らなかった。だけど、ひびきさんの話《はなし》をきいているうちに、わたしはそのおしごとが、とてもすてきなおしごとのように思《おも》えてきた。

声優《せいゆう》さんになったら、いろんなアニメのキャラになれる。もちろんほんとになるのは無理《むり》だけど、声《こえ》だけでもなれたら、きっとすごくたのしいにちがいない。

「わたしも、声優《せいゆう》さんになりたいな……。」

気《き》がつくと、わたしはそうつぶやいていた。

「たしかにアニメのキャラを演《えん》じるのはたのしいけど、たいへんなしごとでもあるのよ。」

ひびきさんの声《こえ》は、ちょっとこまっているようにきこえた。

そうだよね、そんなかんたんなおしごとじゃないよね。わたしがそう思《おも》ってしょんぼりしていると、すこしたってからひびきさんがいった。

「でも、もしネムちゃんが声優《せいゆう》に興味《きょうみ》があるんだったら、今度《こんど》『リリマジ』のアフレコを見学《けんがく》してみる？」

「えっ、見学《けんがく》なんてできるんですか？」

「ふつうはできないけど、ネムちゃんはわたしの大恩人《だいおんじん》だから、とくべつに見《み》せてもらえるようにおねがいしてみるわ。」

どうする、ときかれて、わたしはいきおいよくうなずいた。

大好《だいす》きなアニメをつくっているところを見《み》せてもらえる。そう考《かんが》えたら、むねのドキドキがはげしくなりすぎて、わたしは頭《あたま》がくらくらしてたおれそうになってしまった。

アフレコ見学《けんがく》は、つぎの木曜日《もくようび》の夕方《ゆうがた》にきまった。お母《かあ》さんもついてきてくれると思《おも》っていたら、用事《ようじ》があっていけないといわれて、わたしはとたんに心《こころ》ぼそくなってしまった。

木曜日《もくようび》、学校《がっこう》から帰《かえ》るとすぐに、ひびきさんがわたしをむかえにきた。ひびきさんは高岡《たかおか》さんというマネージャーの男《おとこ》の人《ひと》といっしょで、その高岡《たかおか》さんが車《くるま》を運転《うんてん》して、アフレコをするスタジオまでつれていってくれた。

スタジオのあるビルの廊下《ろうか》をあるいている途中《とちゅう》、高岡《たかおか》さんがわたしをふりかえっていった。

「車《くるま》のなかで注意《ちゅうい》したことはおぼえていますか？」

「は、はい。おしごとのじゃましない。見学《けんがく》させてもらったことを、じまんしたりいいふらしたりしない。アフレコで見《み》たお話《はなし》がどんなだったかは、ぜったいひみつにする。」

「そのとおりです。これから収録《しゅうろく》する話《はなし》が放送《ほうそう》されるのは、まだずっとさきですからね。」

高岡《たかおか》さんはそうこたえて、『調整室《ちょうせいしつ》』と書《か》いてある部屋《へや》のとびらをあけた。

部屋《へや》のなかには、スイッチとつまみがいっぱいついた機械《きかい》や、テレビのモニターがならんでいた。機械《きかい》は学校《がっこう》の放送室《ほうそうしつ》で見《み》たのとにてるけど、こっちのほうがずっと立派《りっぱ》で大《おお》きい。

「おはようございます！」

ひびきさんが元気《げんき》にあいさつした。高岡《たかおか》さんも「おはようございます。」とつづけると、なかにいた人《ひと》たちも、みんなおんなじあいさつをかえしてくる。えっ、もう夕方《ゆうがた》なのに、おはようございます？

わたしがとまどっていると、ひびきさんが、「このしごとだと、あいさつはいつでもおはようございますなの。」と教《おし》えてくれた。そのあとで、機械《きかい》のまえにすわっていた茶色《ちゃいろ》い髪《かみ》のおじさんが、ひびきさんに話《はな》しかけた。

「そのおじょうちゃんが、ひびきちゃんのピンチをすくってくれた声優志望《せいゆうしぼう》の子《こ》かい。」

「はい、鳥越《とりごえ》ネムちゃんです。

ネムちゃん、こちらは音響監督《おんきょうかんとく》の石田《いしだ》さん。

アニメのなかでつかう音楽《おんがく》や効果音《こうかおん》をえらんだり、わたしたち声優《せいゆう》に演技《えんぎ》の指導《しどう》をしたりする人《ひと》なのよ。」

音響監督《おんきょうかんとく》さんが、
「やあ。」とわたしに手《て》をあげた。
思《おも》わずひびきさんのせなかに
かくれそうになってしまうと、
高岡《たかおか》さんが、「あいさつを。」
とわたしに耳《みみ》うちした。
「こ、こん……
おはようございます。」
わたしは小《ちい》さい声《こえ》で
おどおどあいさつした。
すると音響監督《おんきょうかんとく》さんは、

わたしの声《こえ》がきこえなかった
みたいに耳《みみ》に手《て》をやってから、
いじわるなにやにや顔《がお》でいった。
「いかんなあ。
しっかりあいさつができないと、
立派《りっぱ》な声優《せいゆう》にはなれないぞ。」
　ごめんなさい、
とわたしはちぢこまった。
　だけど、あいさつと立派《りっぱ》な
声優《せいゆう》さんって、あんまり
かんけいないような……。

「この調整室《ちょうせいしつ》では、わたしたちがしゃべったせりふを録音《ろくおん》して、こまかい調整《ちょうせい》をしたり、アフレコのときにうつす映像《えいぞう》を操作《そうさ》したりするの。声優《せいゆう》が実際《じっさい》に演技《えんぎ》をするのはあっちのスタジオ。スタジオは演技中《えんぎちゅう》によけいな音《おと》がはいらないように、ばっちり防音《ぼうおん》されてるのよ。」

ひびきさんがゆびさした、大《おお》きなガラスまどのむこうの部屋《へや》には、もう十人以上《にんいじょう》の人《ひと》たちがあつまっていた。

あそこにいるの、みんな『リリマジ』の声優《せいゆう》さんなのかな。わたしはますますガチガチになりながら、ひびきさんのあとについてスタジオにはいった。

「おはようございます！」

「おっ、おはようございまふっ。」
こんどはちゃんと
あいさつしよう、
と思《おも》ったら、最後《さいご》で
べろをかんでしまった。
わたしがはずかしくて
うつむいていると、
声優《せいゆう》さんたちが
こっちにあつまってきた。

「わっかわい――――っ！」

「ねえねえ、きみ、何年生《なんねんせい》？」

「はいはい、ネムちゃんはとっても人見知《ひとみし》りだから、あんまりこわがらせないでください。」

びくびくしているわたしを、ひびきさんがたすけてくれた。それからひとりひとり声優《せいゆう》さんを紹介《しょうかい》してもらったけど、クールな男子生徒役《だんしせいとやく》の声優《せいゆう》さんが、にぎやかなお姉《ねえ》さんだったり、おそろしい闇《やみ》の魔女役《まじょやく》の声優《せいゆう》さんが、にこにこしたおばあさんだったり、声《こえ》をだしているキャラとぜんぜんふんいきのちがう人《ひと》が何人《なんにん》もいた。

そのことにおどろいてしまっていると、声優《せいゆう》さんたちがつぎつぎにひびきさんに話《はな》しかけた。

「そうそう、ひびきちゃん、このまえはありがとう。台湾《たいわん》みやげののどあめ、すごくよくきく気《き》がするわ。」

「ひびき先輩《せんぱい》、おれがきょうやる役《やく》のことなんスけど、もしよかったらアドバイスとかもらえませんか？」

「ひびきんひびきん、ちょっとここの会話場面《かいわばめん》の演技《えんぎ》について相談《そうだん》させてくれない？」

なかまの声優《せいゆう》さんたちにかこまれているひびきさんのすがたが、人気者《にんきもの》のリリィとかさなって見《み》えた。わたしがひびきさんのことを見《み》つめていると、高岡《たかおか》さんが「どうかしましたか？」とたずねてきた。

「あっ、その、ひびきさん、ほんとにリリィみたいだな、と思《おも》って……。」

「そうですね。ひびきもリリィといっしょで、だれとでもすぐなかよくなれますから。」

わたしはまたひびきさんのすがたを見《み》あげた。ひびきさんみたいになるのは、わたしにはぜったい無理《むり》だ、と思《おも》った。でも、いっぱいいっぱいがんばって、演技《えんぎ》が上手《じょうず》になれば、わたしだって声優《せいゆう》さんになれるよね？

それからわたしはあらためて、スタジオのなかを見《み》まわした。スタジオは学校《がっこう》の教室《きょうしつ》くらいの広《ひろ》さで、かべぎわにぐるっとソファがならんでいた。部屋《へや》のまんなかには、黒《くろ》くてまるい布《ぬの》のくっついたマイクが四本立《ほんた》っていて、そのマイクの正面《しょうめん》に、いくつもテレビのモニターがある。

わたしが興味《きょうみ》しんしんでながめていると、かべのスピーカーから、音響監督《おんきょうかんとく》さんの声《こえ》がきこえた。

『それではリハーサルをはじめます。おじょうちゃんは調整《ちょうせい》室《しつ》にもどってきてくれるかい。』

高岡《たかおか》さんといっしょに調整室《ちょうせいしつ》にもどると、部屋《へや》にいる人《ひと》の数《かず》がふえていた。またごにょごにょとあいさつをしてから、わたしがびくびくしていると、高岡《たかおか》さんがいった。

「そんなにこわがらなくても平気《へいき》ですよ。」

「ご、ごめんなさい。こんなにたくさんの人《ひと》がいるって思《おも》わなくて……。」

「アニメはおおぜいの人々《ひとびと》の手《て》でつくられるものですからね。ここにいる人《ひと》たちのほかにも、アニメの絵《え》をかいている人《ひと》や、宣伝《せんでん》をしている人《ひと》もいますから、全員《ぜんいん》あわせると、かるく百人以上《にんいじょう》になるんですよ。」

百人以上《にんいじょう》、とわたしは目《め》をまるくしてしまった。

それからスタジオのほうを見《み》ると、声優《せいゆう》さんたちが台本《だいほん》を手《て》に、マイクのまえに立《た》っていた。そのなかにいたひびきさんが、わたしをふりかえって、にこっとほほえんだ。

アフレコは前半《ぜんはん》パートと後半《こうはん》パートにわかれていて、いつも三時間《じかん》か四時間《じかん》くらいかかるらしい。最後《さいご》までいると夜《よる》になってしまうので、わたしは途中《とちゅう》の休憩《きゅうけい》のときに、高岡《たかおか》さんが家《いえ》までおくってくれることになっていた。

「いつもどおり、演技《えんぎ》のチェックをしながらすすめるので、よろしくおねがいします。ではリハーサル、スタート！」

音響監督《おんきょうかんとく》さんの合図《あいず》で、調整室《ちょうせいしつ》とスタジオのテレビ画面《がめん》に、アニメの映像《えいぞう》がうつった。だけど、うつしだされた映像《えいぞう》には、なぜか色《いろ》がついていない。わたしが、あれ、と思《おも》っていると、高岡《たかおか》さんがささやき声《ごえ》で教《おし》えてくれた。

「アフレコのときには、まだ映像《えいぞう》が完成《かんせい》していないことが多《おお》いんですよ。」

画面《がめん》には、机《つくえ》につっぷしたリリィの姿《すがた》がうつっていた。

そのリリィがいきおいよく顔《かお》をあげると、ひびきさんの演《えん》じるリリィの声《こえ》が、調整室《ちょうせいしつ》のスピーカーからきこえてきた。

『どうしよう！　学期末《がっきまつ》テストは明日《あした》なのに、変身魔法《へんしんまほう》まだぜんぜんできないよ！』

ひびきさんのせりふは、映像《えいぞう》のリリィのうごきとぴったりあっていた。わたしが「わあっ。」と感激《かんげき》していると、「ここでいったん止《と》めます。」と音響監督《おんきょうかんとく》さんがいった。

「最初《さいしょ》のリリィの声《こえ》、ちょっと深刻《しんこく》すぎかな。たしかに深刻《しんこく》な状況《じょうきょう》ではあるんだけど、リリィのせりふだからさ、もっとかわいく深刻《しんこく》そうにできない？」

音響監督《おんきょうかんとく》さんの注文《ちゅうもん》に、わかりました、とひびきさんがこたえた。そしてちょっと考《かんが》える顔《かお》をしてから、ひびきさんがマイクのほうをむくと、映像《えいぞう》がまた最初《さいしょ》からはじまった。

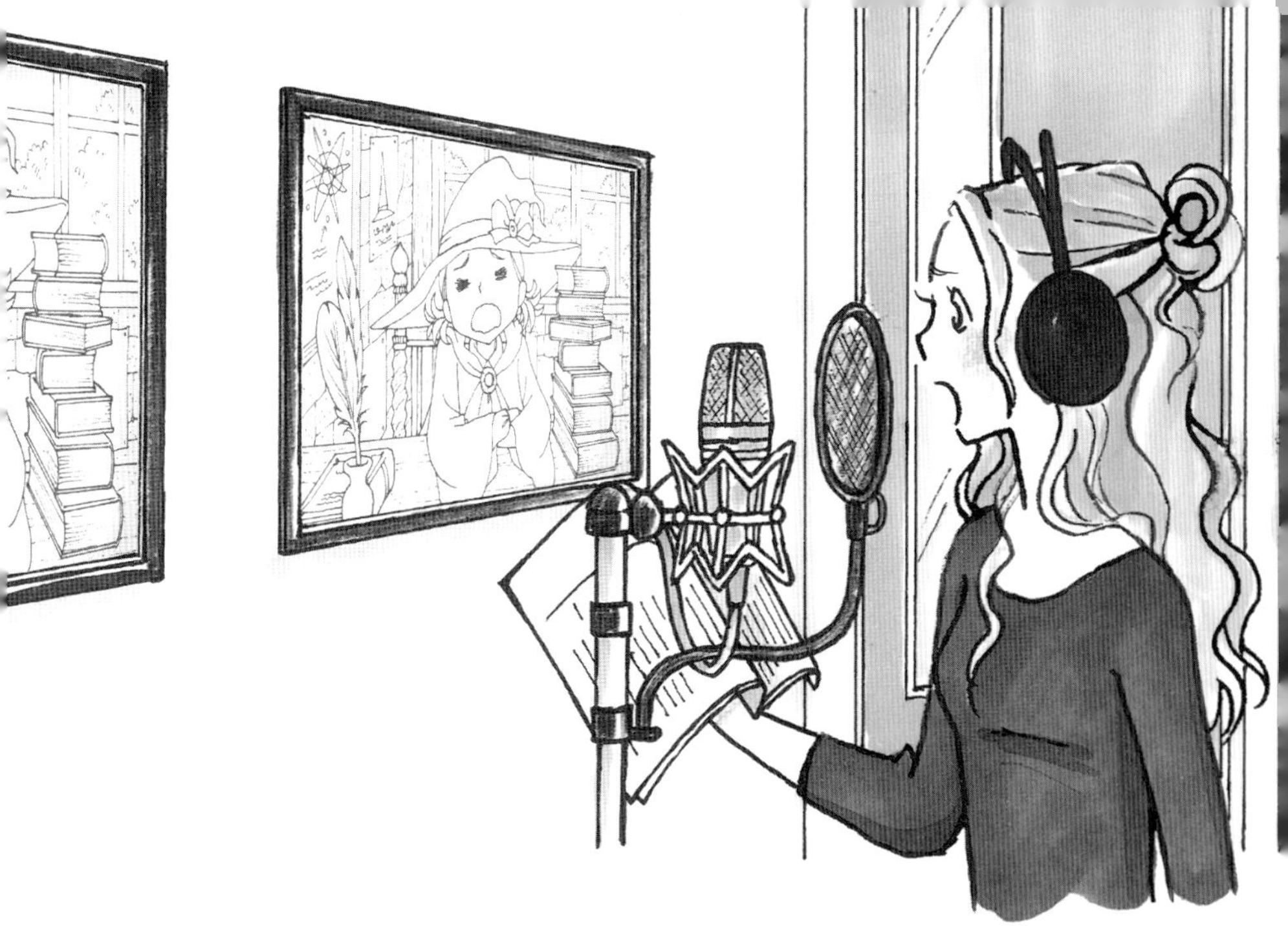

『どうしようぅ〜っ！　学期末《がっきまつ》テストは明日《あした》なのに、変身魔法《へんしんまほう》まだぜんぜんできないよぉ〜！』

「オーケイ、それでいこう。じゃあつづけてつぎの場面《ばめん》。」

たしかに、いまのほうがリリィっぽいしゃべりかただった。だけど、ひびきさんすごい。あんなふうにいきなりいわれて、すぐに演技《えんぎ》をなおせちゃうなんて……。

最初《さいしょ》の場面《ばめん》にいたのは、リリィと妖精《ようせい》のルルだけだったけど、場面《ばめん》が変《か》わってリリィのなかまがせいぞろいすると、声《せい》優《ゆう》さんたちがかわるがわるマイクのまえに立《た》って、せりふをいっていった。声優《せいゆう》さんは二十人《にん》くらいいるのに、マイクは四本《ほん》しかないから、せりふをいうときだけマイクのところにいって、終《お》わると席《せき》にもどることになっているみたいだった。

そのあいだも音響監督《おんきょうかんとく》さんは、何度《なんど》も映像《えいぞう》を止《と》めて、声優《せいゆう》さんの演技《えんぎ》に注文《ちゅうもん》をつけたり、注意《ちゅうい》をしたりしていた。自分《じぶん》が注意《ちゅうい》されてるわけじゃないのに、わたしは音響監督《おんきょうかんとく》さんが口《くち》を開《ひら》くたびにびくっとしていた。

「うーん、ここのベラのせりふ、なんとかもうちょっと目立《めだ》たせられないかなあ……。」

リリィがクラスメイトのベラとけんかをする場面《ばめん》で、音響《おんきょう》監督《かんとく》さんがいった。さっきから何度《なんど》もやりなおしをしているのに、音響監督《おんきょうかんとく》さんはなかなか納得《なっとく》しなくて、ベラ役《やく》の声優《せいゆう》さんもこまっているようだった。

そこでひびきさんが、ベラ役《やく》の声優《せいゆう》さんと相談《そうだん》をはじめた。その相談《そうだん》が終《お》わって、ふたりが真剣《しんけん》な顔《かお》でうなずきあうと、また映像《えいぞう》がうごきだした。

『ひどいよベラ！　わたしは本気《ほんき》で最高《さいこう》の魔法《まほう》つかいに……。』

『うるさいわね！　あんたみたいな
おちこぼれが、かなわない夢《ゆめ》
見《み》てるんじゃないわよ！』
ベラのいじわるな声《こえ》が、
さっきよりずっと目立《めだ》って
きこえた。音響監督《おんきょうかんとく》さんも、
「いいね、じゃあそれで。」
とうなずく。
「いまの会話《かいわ》、
ひびきがリリィの声《こえ》をちょっと
おさえたのがわかりましたか？」

高岡《たかおか》さんに小声《こごえ》でたずねられて、わたしは気《き》がついた。

そっか、リリィの声《こえ》が小《ちい》さめになったから、そのぶんベラの声《こえ》が目立《めだ》ってきこえたんだ。ひびきさんは音響監督《おんきょうかんとく》さんになにもいわれていなかったのに、ベラ役《やく》の声優《せいゆう》さんのために、演技《えんぎ》を変《か》えることにしたんだ。

「声優《せいゆう》の演技《えんぎ》は、ひとりでするものではありませんから、さっきのひびきのように、ほかの声優《せいゆう》としっかりコミュニケーションをとって、いっしょにいい演技《えんぎ》をつくりあげていくことが、とても大事《だいじ》なんです。コミュニケーション、わかりますか？」

わたしはぎこちなくうなずいた。コミュニケーションは、たしか人《ひと》と話《はなし》をしたり、気持《きも》ちをつたえあったりすること。わたしがいちばんにがてなことだ。

そのあともひびきさんは、会話《かいわ》をしているあいての声優《せいゆう》さんと、何度《なんど》も熱心《ねっしん》に相談《そうだん》をしたりしていた。音響監督《おんきょうかんとく》さんにどんどん質問《しつもん》をしたり、意見《いけん》をいったりもしていた。

……わたしに、あんなことができるかな。ひびきさんのすがたを見《み》ているうちに、不安《ふあん》がふくらんで、わたしは自分《じぶん》が声優《せいゆう》さんをしているすがたを想像《そうぞう》してみた。

想像《そうぞう》のなかのわたしは、スタジオのすみっこのソファで、泣《な》きそうな顔《かお》でちぢこまっていた。

やっぱり、わたしなんかが
声優《せいゆう》さんになるのは
無理《むり》なのかもしれない。
そう思《おも》ってかなしくなって
いると、しばらくしてから
音響監督《おんきょうかんとく》さんがいった。

「おじょうちゃん、そんな
すみにいないで、こっちにおいで。
本番《ほんばん》をはじめるから、いちばんまえで見《み》たらいい。」

わたしがおそるおそる、スタジオの見《み》えるまどの近《ちか》くにいくと、スタジオでは声優《せいゆう》さんたちが、マイクのまえで本番《ほんばん》を

まっていた。ぶあついまどのむこうから、ぴりっと緊張《きんちょう》した空気《くうき》がつたわってくるような気《き》がした。

それでは本番《ほんばん》をはじめます、と音響監督《おんきょうかんとく》さんの声《こえ》がして、画面《がめん》の映像《えいぞう》がうごきだした。

『どうしようぅ〜っ！　学期末《がっきまつ》テストは明日《あした》なのに、変身魔法《へんしんまほう》まだぜんぜんできないよぉ〜！』

リリィの最初《さいしょ》のせりふだけで、むねがざわっとふるえた。リハーサルでもきいていたはずなのに、そのときとはぜんぜんちがってきこえた。リリィだけじゃなくて、そのあとのほかのキャラのせりふも、ひとつひとつのせりふに、心《こころ》がすいよせられるみたいだった。

「すごい……。」

わたしはそうつぶやいていた。リハーサルのときも、すごいって思《おも》ったけど、あのときよりもっとすごい。リハーサルでいっぱい演技《えんぎ》をなおしてたから？　声優《せいゆう》さんたちの息《いき》がぴったりあってるから？　だからこんなふうにきこえるの？

テレビの画面《がめん》を見《み》なくても、わたしにはリリィたちのすがたや表情《ひょうじょう》、それにみんながいる場所《ばしょ》の景色《けしき》が、はっきりと見《み》えていた。わたしもリリィたちといっしょに、魔法学校《まほうがっこう》にいるような、ずっといきたかった『リリマジ』の世界《せかい》にいるような、そんな気分《きぶん》になった。

気《き》づかないうちに、わたしはまどに両手《りょうて》をあてていた。わたしも、このまどのむこうがわにいきたい。あんなふうにアニメのキャラを演《えん》じてみたい。ひびきさんたちといっしょに、アニメの世界《せかい》をつくりたい。

どうしてだろう。最初《さいしょ》はただの思《おも》いつきだったのに。さっきまであきらめかけていたのに。声優《せいゆう》さんになりたいっていう気持《きも》ちが、わたしのなかでどんどん大《おお》きくなって、ほんとの夢《ゆめ》にかわるのを感《かん》じた。

画面《がめん》の映像《えいぞう》が最後《さいご》まで終《お》わった後《あと》で、音響監督《おんきょうかんとく》さんがこうふんした声《こえ》でいった。

「すばらしい、カンペキですよ！　とりなおしをすべき場面《ばめん》がまったくない！」

ほかのスタッフさんたちも、はくしゅをしたりおどろいた顔《かお》をしたりしていた。

とりなおしがないって、そんなにめずらしいことなんだ。そう思《おも》ってから、スタジオのほうをむくと、ひびきさんが手《て》まねきをしていた。音響監督《おんきょうかんとく》さんをよんでいるみたいだった。音響監督《おんきょうかんとく》さんがスタジオにはいっていった。そしてすこしたってから、ひびきさんといっしょにもどってくると、とつ

ぜんにんまりしてわたしにいった。

「おじょうちゃん、とくべつにガヤをやらせてあげよう。」

わたしが「ガヤ？」と首《くび》をかしげると、ひびきさんが教《おし》えてくれた。

「ガヤっていうのは、おおぜい人《ひと》がいる場面《ばめん》で、ガヤガヤしてるまわりの声《こえ》のこと。たくさん収録《しゅうろく》するそのガヤの声《こえ》のひとつを、ネムちゃんにやってもらおうってことになったの。」

「えっ、それって、『リリマジ』のなかでわたしの声《こえ》がながれるってことですか⁉」

「もちろん、上手《じょうず》にできたらの話《はなし》だがね。」

音響監督《おんきょうかんとく》さんが、そうくぎをさした。

うれしくなるのといっしょに、わたしはおろおろしてしまった。ほんとに、そんなことさせてもらっていいのかな。

わたしがとまどっていると、ひびきさんが笑顔《えがお》でいった。

「ネムちゃん、本番《ほんばん》のとき、すごく目《め》をキラキラさせて、わたしたちの演技《えんぎ》を見《み》てたでしょ。その夢中《むちゅう》な顔《かお》を見《み》たら、失敗《しっぱい》するわけにはいかないって気分《きぶん》になって、それでいつも以上《いじょう》にいい演技《えんぎ》ができたの。ほかのみんなもそうだったっていってたわ。だから、そのお礼《れい》がしたくって。」

「さあ、そうときまれば、スタジオにいったいった！」

ひびきさんに手《て》をひかれて、スタジオにはいると、声優《せいゆう》さんたちがはくしゅでむかえてくれた。マイクのまえまでつれていかれたところで、わたしはひびきさんにたずねた。

「あ、あの、なんていえばいいんですか?」

「せりふはきまってないいんだけど、食堂《しょくどう》の場面《ばめん》だから、『ああ、おなかすいた。』でどう?」

わたしの身長《しんちょう》だと、せのびをしてもマイクにとどかないので、ひびきさんがだっこをしてくれた。声優《せいゆう》さんたちも、調《ちょう》整室《せいしつ》のスタッフさんたちも、みんながわたしを見《み》ていた。緊張《きんちょう》しすぎて頭《あたま》がくらくらしてきてしまった。心臓《しんぞう》の音《おと》がほんとうにきこえてきそうだった。

がんばらなくちゃ、上手《じょうず》にしゃべらなくちゃ。わたしはひっしに心《こころ》のなかでせりふを練習《れんしゅう》した。

ああ、おなかすいた。ああ、おなかすいた。ああ、おなかすいた。ああ、もうだめ……。

テレビの映像《えいぞう》がうごきだすのと同時《どうじ》に、わたしは目《め》のまえがまっしろになった。

「ネムちゃん！　ネムちゃんだいじょうぶ⁉」
ひびきさんの声《こえ》が、とても遠《とお》くできこえた気《き》がした。

ぼんやり目《め》をあけると、ひびきさんがわたしの顔《かお》をのぞきこんでいた。

「ネムちゃん、気《き》がついた？」

「ご、ごめんなさい、あの、アフレコは……。」

「まだ休憩時間《きゅうけいじかん》だから心配《しんぱい》しないで。とにかくネムちゃんが目《め》をさましてよかったわ。」

ひびきさんがほっとした顔《かお》でいった。だけど、ぜんぜんよくなんかない。せっかくすごいチャンスをもらえたのに、緊《きん》張《ちょう》してたおれちゃうなんて……。

わたしはおそるおそる、ひびきさんにきいてみた。

「わたし、こんなんじゃ声優《せいゆう》さんにはなれないですよね……。」

「……そうね。ネムちゃんが、もしいまのままだったら、たしかになるのはむずかしいかも。」


はっきりそういわれて、わたしはよけいに落《お》ちこんでしまった。するとそのあとで、ひびきさんは、「でもそれは、ネムちゃんが緊張《きんちょう》しやすいからじゃないよ。」とつけたした。

「アフレコを見《み》て、ネムちゃんもわかったんじゃない？　アニメはおおぜいの人《ひと》たちが協力《きょうりょく》してつくってるから、チームワークがとっても大事《だいじ》なの。だから、どんなにせりふをしゃべるのが上手《じょうず》でも、まわりのなかまとしっかり相談《そうだん》したり、協力《きょうりょく》したりできない人《ひと》は、声優《せいゆう》にはむいてないと思《おも》う。」

ひびきさんのきびしいことばに、わたしはうつむいた。

それからわたしは、そうか、と気《き》がついた。立派《りっぱ》な声優《せいゆう》になるにはあいさつが大事《だいじ》、と音響監督《おんきょうかんとく》さんがいっていた理由《りゆう》。あれはきっと、あいさつもできない人《ひと》が、まわりのみんなとちゃんとお話《はなし》ができるわけがないからだったんだ。

それにね、とひびきさんはつづけた。

「声優《せいゆう》の演技力《えんぎりょく》は、それまで生《い》きてきたなかで、いろんな経験《けいけん》をすることで、みがかれてきたものなんだって、わたしは思《おも》ってるの。たくさんの人《ひと》とかかわって、いっぱい傷《きず》ついたり泣《な》いたり笑《わら》ったりしてきたからこそ、わたしたち声優《せいゆう》は、アニメのキャラをほんとうに生《い》きているように演《えん》じることができる。そういう経験《けいけん》をつむのって、内気《うちき》なネムちゃんにとっては、すごくたいへんなことだと思《おも》うけど、それでもネムちゃんは、声優《せいゆう》になりたい？」

わたしの顔《かお》をじっと見《み》つめて、ひびきさんがたずねてきた。

いつものわたしだったら、おじけづいていたかもしれない。

だけどわたしのむねのなかには、本番《ほんばん》を見《み》たときに感《かん》じた、熱《あつ》い気持《きも》ちがのこっていた。たいへんだってわかっていても、そんなの無理《むり》なんて、かんたんにあきらめられなかった。

「それでもなります、なりたいですっ！」

思《おも》いきってこたえると、ひびきさんがにっこりした。

「その気持《きも》ちがあれば、きっとだいじょうぶ。本気《ほんき》になってがんばれば、かなわない夢《ゆめ》なんてないんだからっ！」

ひびきさんの声《こえ》は、途中《とちゅう》からリリィになっていた。まるでひびきさんとリリィのふたりから勇気《ゆうき》をもらえたみたいで、わたしはうれしくて泣《な》きそうになってしまった。

「さあ、それじゃあスタジオにもどって、ネムちゃんのせりふをとりなおしましょう。」

「えっ、とりなおさせてくれるんですか!?」

「ええ、後半《こうはん》の収録《しゅうろく》がはじまるまえにね。今度《こんど》は気絶《きぜつ》しちゃわないようにがんばって。」
「は、はいっ！
わたし、がんばりまふ！」
いきおいよくこたえたら、
またべろをかんでしまった。
ひびきさんはわたしの返事《へんじ》に
しっかりとうなずいてから、
がまんできなくなったように、
くすくすわらいだした。
わたしもまっかな顔《かお》で、
ひびきさんといっしょにわらった。

つぎの朝《あさ》、わたしはねむい目《め》をこすりながら学校《がっこう》にむかっていた。アフレコ見学《けんがく》から帰《かえ》ってきたあとも、ドキドキがしずまらなくて、夜《よる》もよくねむれなかったせいだ。

大《おお》きなあくびをしたあとで、わたしはクラスメイトの川村《かわむら》さんと星野《ほしの》さんが、まえをあるいているのを見《み》つけた。

気《き》づかれないように、ゆっくりあるくことにしよう。そう思《おも》ってしまってから、わたしはランドセルのベルトをぎゅっとにぎった。

声優《せいゆう》さんになりたかったら、こんなふうにこわがってちゃだめなんだ。わたしはそう考《かんが》えると、勇気《ゆうき》をふりしぼって、元気《げんき》にあいさつをした。

「おはようっ！」

川村《かわむら》さんと星野《ほしの》さんがこっちをふりかえった。

そして、「あっ、おはよう！」「おはよう鳥越《とりごえ》さん！」

と笑顔《えがお》であいさつを
かえしてくれる。

これがわたしの、夢《ゆめ》への最初《さいしょ》の一歩《いっぽ》。わたしはうれしくなって、かけ足《あし》でふたりにおいついた。

『その調子《ちょうし》だよ、ネムちゃん。』

頭《あたま》のなかで、ひびきさんとリリィが、わたしのことを応援《おうえん》してくれた気《き》がした。